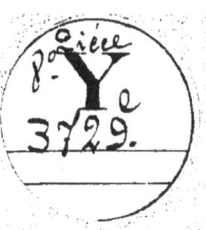

PRIMEVÈRES

DE

JEUNESSE

PAR

Alfred de la Vitarelle

(ALFRED MARTIN)

1897

PRIMEVÈRES

DE

JEUNESSE

PAR

Alfred de la Vitarelle

(Alfred MARTIN)

1897

Parfums d'enfance, primevères et violettes pieusement gardées au fin fond de mes tiroirs, entre les feuillets de mes vieux classiques, fleurs embaumées de mes vingt ans, la main d'un ami a tant fait qu'elle vous a réunis en un bouquet, et plein d'une audacieuse témérité, presque à mon insu, vous a jetés, modeste bouquet champêtre, en pâture au Moloch contemporain, le grand public.

Au milieu des froides indifférences, au contact des brutales matérialités, au souffle empoisonné de l'égoïsme et de l'auri sacra fames, ne vous ternissez pas, ne vous effeuillez pas; gardez votre inexpérience candide, votre juvénile ardeur, votre enthousiaste illusion.

Allez, fleurs du souvenir, aux corolles encore humides de mes larmes, allez de par le monde, vers les simples, vers les humbles et si vous ignorez les exigences de l'art moderne, allez du moins chanter dans les zéphirs, la joi et la patrie.

Et à vous tous amis et professeurs qui m'avez aidé, conseillé, dirigé, à toi surtout, vaillant et cher éditeur, merci et reconnaissance.

A. M.

Paris, Octobre 1896.

PETITE SŒUR JEANNETTE

La blonde enfant ! aimez-vous son sourire ?
Ses grands yeux bleus aux regards ingénus ?
Sa fraîche bouche où la gaîté respire ?
Ses longs cheveux flottant sur ses bras nus ?
La blonde enfant, aux prés fleuris, seulette,
Errait un soir ..... oïez ce qu'il advint.
Elle a douze ans, petite sœur Jeannette,
Elle a douze ans, bientôt j'en aurai vingt.

Un papillon, à l'aile diaprée,
Berçait dans l'air ses plus vives couleurs,
La blonde enfant à la joue empourprée,
Courant, sautant, foulant aux pieds les fleurs
De ci, de là, en sa course follette,
Par cent détours, s'en alla, puis revint.
Elle a douze ans, petite sœur Jeannette,
Elle a douze ans, bientôt j'en aurai vingt.

Elle bondit haletante, éperdue,
Le papillon fuyait à ses regards .....
Petite sœur sur la vaste étendue
Gambade ..... un gouffre est sous les nénuphars,
La mort est là ..... la mort sombre, muette ...
Jeanne y courait, mais un ange survint ...
Elle a douze ans, petite sœur Jeannette,
Elle a douze ans, bientôt j'en aurai vingt.

« Allez-vous en, petite enfant rieuse,
» Quand vous courez, regardez sous vos pas ...
» Ce papillon à la robe soyeuse,
» C'est le plaisir ...... enfant n'y touchez pas. »

Aux prés fleuris, comme elle errait seulette
Un soir d'été, voilà ce qu'il advint.
Elle a douze ans, petite sœur Jeannette,
Elle a douze ans, bientôt j'en aurai vingt.

Rodez, Octobre 88.

PATRIA !

O vos omnes qui transitis per viam,
Attendite et videte si est dolor sicut dolor meus ...
Virgines meæ et juvenes mei ceciderunt in gladio
Hœc recolens in corde meo, ideo sperabo.
Jeremiæ Lamentatio .....

Le vaincu d'hier enivré de carnage
Tremblait partout, bien que partout vainqueur,
Quand à la voix de son instinct sauvage,
Il étouffa ses symptômes de peur
« De l'or », dit-il, et pour le satisfaire,
Pour assouvir sa passion de Germain,
A ses enfants, la France, pauvre mère,
            Tendit la main.

Par les barreaux de sa lugubre geôle,
On la voyait dans ses saintes douleurs,
Ses blonds cheveux lui formaient auréole
Son fier regard se noyait dans les pleurs.
Au loin, l'écho disait sa plainte amère:
« Vous qui passez sur le bord du chemin,
» Enfants ! pitié, pitié, c'est votre mère
            « Qui tend la main. »

Pour le grand jour des vengeances prochaines,
Gardez, mes fils, tout le sang de vos cœurs,
Avec de l'or, vous délierez mes chaînes,
Il faut de l'or, aux farouches vainqueurs,
Du fer ! plus tard .... la fortune éphémère
A nos bourreaux réserve un lendemain.
Enfants ! pitié, pitié, c'est votre mère
       Qui tend la main.

Pauvres, donnez ! Dieu bénit votre offrande.
Riches, donnez ! l'aumône est un trésor ;
Filles des Francs votre énergie est grande,
Brisez mes fers de vos bracelets d'or ......
La Charité pour sourire à la terre
Prend sous vos traits un charme surhumain
Enfants ! pitié, pitié, c'est votre mère,
       Qui tend la main !

J'avais encor, deux filles sœurs jumelles,
Égal objet de mes tendres amours,
Naguère hélas ! dans ses serres cruelles,
Les emportait un peuple de vautours .....
Sur ma poitrine épuisée et meurtrie,
Vous restez seuls ..... Expulsez le Germain
Français ! pitié, pitié, c'est la patrie,
       Qui tend la main !

Rodez, Octobre 88

DEMAIN !

A un polémiste catholique.

Fugit irreparabile tempus vindex.

O vous, vaillant soldat d'une cause si belle,
Courage, ami, courage, à vous est l'avenir,
La France ne meurt pas, l'Église est immortelle
Et de tous leurs tyrans, le règne peut finir.

Instant après instant, les siècles se déroulent.
Quatre-vingt huit se meurt, sans espoir de retour
Oh ! oui ! le temps s'en va, les secondes s'écoulent
L'heure s'ajoute à l'heure et le jour touche au jour.

. . . .

Surveillant calme et fier, le flot qui nous entraîne
Le Christ est immobile en son éternité,
Et pourtant contre lui le monde se déchaîne
Insensé qui prétend briser sa liberté !

Ils rêvaient d'adorer la raison impudique
Sur les autels brisés des catholiques fois,
Et pour bannir le Christ du monde politique
Contre lui leur jactance osa dicter des lois.

Le Christ est toujours là, rayonnant d'espérance,
Tandis qu'ils sont bien morts Robespierre et Danton
Et ces tigres sanglants déchaînés sur la France
Marat, Carrier, Tallien, Fouché, Lebas, Couthon.

Se servant du boyau du dernier de nos prêtres
Ils voulaient étrangler le dernier de nos rois,
Mais ils ont disparu, maudits comme des traîtres
Et le prêtre et le roi ont redicté des lois.

. . . .
. . . .

Et vous, comme autrefois, fils chrétien de la France
Souffrant pour votre Christ, vous implorez les cieux,
Regardez le passé . . . . . L'heure de la vengeance
Va peut-être sonner pour tous les malheureux.

Le pape est prisonnier, la France est enchaînée,
Des maîtres du pouvoir, d'aucuns lèchent les pas,
Et font chorus ensemble, estimant baillonnée
La voix du peuple franc qui déjà gronde en bas.

Ils vont partout criant dans leur excès d'ivresse :
« A nous, emplois, honneurs et projets d'avenir,
» A bas le Dieu vengeur et sa rude sagesse
» La France est en nos mains, nous voulons en jouir. »

Souriez sans souci . . . . . En vain tous ces forbans
Se sont ainsi ligués et fomentent l'orage,
La patrie et son Christ dédaignent les tyrans
Et briseront bientôt et leurs lois et leur rage.

Quatre-vingt-neuf est là tout rempli d'espérance
Français saluons-le d'un soupir de bonheur,
Peut-être il sonnera le réveil de la France,
La fin de ce régime et les jours de l'honneur.

Rodez. Décembre 1888.

CASTELFIDARDO !

L'Univers a gémi sous Satan qui le brise,
Lyre céleste et sainte, exhale dans mon cœur,
La plainte de la foi, du Christ et de l'Église
Pour les soldats martyrs tombés au champ d'honneur.

Ils étaient fiers et beaux ces enfants de la France,
Qui joyeux se pressaient aux pieds du pape roi.
Et quand frappa la mort, ils avaient l'espérance
D'avoir vengé le Christ, leur pays et leur foi.

Oui, vous avez écrit une page nouvelle
Dans les gestes des Francs, histoire des nations,
Honneur à vous, martyrs d'une cause immortelle,
Honte à vos assassins, honte aux révolutions !

Sur les sanglants débris d'une race expirante
Le monstre régicide enfanté par Satan
A levé jusqu'aux cieux sa tête menaçante
Et la terre a tremblé sous ses pas de géant.

L'ange de la tourmente a saisi son tonnerre,
Il vole au sein des nuits, précédé des éclairs,
Répandant sous ses pas la discorde et la guerre,
Comme un vaste ouragan qui soulève les mers ;

Le vent de la tempête a soufflé sur le monde
L'Univers d'autrefois ne se relève pas.....
Qui viendra nous sauver de la foudre qui gronde ?
Partout à l'horizon, les ombres du trépas......

Un bruit lugubre et sourd, bruit profond, bruit immense
S'élève tous les jours, pareil à l'Océan
L'Orient endormi dans son indifférence,
S'éveille au cri de mort poussé par l'Occident.

Mort à la royauté qui siège sur des trônes ! ...
Un trône ? c'est le pain qu'on ôte à l'ouvrier...
Les bijoux que les rois mettent à leurs couronnes ?
Les sueurs d'un sujet travaillant au chantier.

« A quoi servent les rois bercés dans l'opulence
Qui ne font qu'obéir aux caprices des grands ?
A nos spoliateurs, ils vendent leur puissance,
Et loin de nous venger deviennent nos tyrans !...

» Mort à la papauté cadavre séculaire,
Des lois d'un autre temps stupide adorateur...
Jetons sur son cercueil un linceul mortuaire
Et déplorons les maux dont elle fut l'auteur !

» Plaignons de nos aïeux la faiblesse stupide
Qui leur faisait chérir la verge des puissants ;
Mais, nous, fils du Progrès, de ce trône homicide
Secouons la poussière aux caprices des vents. »

Et l'immense clameur montait, montait encore
Et le sang par torrents coulait de toute part.
Et le flot populaire, effrayant météore
S'élançait furieux, contre un faible vieillard.

Les rois épouvantés se mêlent à la foule
Et redisent ce cri si souvent répété,
Qui sape nuit et jour leur trône qui s'écroule :
« Mort au pontife roi ! mort à la Papauté ! »

Contre un roi sans état, contre un roi sans puissance
Pourquoi cet appareil, ces immenses apprêts ?
Le pape n'est donc plus ce spectre sans défense,
Dont le siège chancelle au souffle du Progrès ?

. . . .

L'Intrépide vieillard au sein de la tempête,
Le front calme et serein affronte le trépas,
Au poignard déicide il livrera sa tête.....
L'Univers croulerait qu'il ne céderait pas...

Assis autour de lui, sur leurs sièges d'ivoire,
De nobles sénateurs, appellent les Gaulois.....
Ils méprisent la mort... la mort c'est la victoire
Qui de leur chef sacré, cimentera les droits.....

Soudain, nouveaux David, de la plage prochaine
De braves jeunes gens s'empressent d'accourir,
De Castelfidardo leur sang rougit la plaine
Car leur devise était : « Triompher ou mourir ».

Et tous, sont ainsi morts sur la rive étrangère
Défenseurs de l'Eglise et de la papauté.....
Léguant leur âme au Christ et leur cœur à leur mère
Et leur nom de martyrs à l'immortalité !

. . . .

Reviens parfois chanter les sanglots de mon âme
Lyre ; sur leur cercueil dépose un souvenir.....
Quand la nuit du soleil aura chassé la flamme,
Sur leurs tombeaux déserts, reviens parfois gémir.

Rodez, 1889.

LOU REIPÉTIT.

(LE ROITELET)

D'après une vieille légende.

N'as-tu pas vu, mon petit ange,
Dans les rameaux des sapins noirs,
Ou dans les gerbes de la grange,
Ou dans les murs des vieux manoirs,
Un gros nid rond de verte mousse,
Et puis .... sortant du frêle abri
Un tout petit oiseau qui pousse
       Un petit cri ?

C'est lui, c'est lui qui sur la terre
Du ciel nous apporta le feu
Respect au petit solitaire
Au petit oiseau du Bon Dieu !

Quand on entend sous la tonnelle,
Son vol léger comme un soupir,
On ne sait pas si c'est une aile
Ou bien le souffle du zéphir .....
Pas un seul cri qui le trahisse
Fuyant tout œil qui le poursuit
Dans les buissons vite il se glisse
   Seul et sans bruit .....

   C'est lui, c'est lui, etc.....

La flamme aimable et gracieuse
Qui tremblotte au foyer vermeil,
C'est lui dont l'aile audacieuse,
L'apporta, pour nous, du soleil .....
Et la couleur de son plumage
Jusqu'au temps le plus reculé,
Dira qu'il tomba d'un nuage,
   Demi-brûlé ....

   C'est lui, c'est lui, etc.....

S'il vient sous votre toit de chaume
Accueillez-le, gentil enfant......
Son petit nid est un royaume,
N'y touchez pas, Dieu le défend ....
Combien de maux, l'enfant s'attire,
Quand pour plaire aux anges déchus
Il prend le nid et se retire
   Les doigts crochus.

   Car c'est bien lui, etc.....

Aux jardins le moineau babille,
Et l'hirondelle à nos volets,
Comme un enfant de la famille,
Bâtit en chantant, son palais .....
Sa vie à la nôtre est liée.
Mais lui, dont l'homme a tant reçu,
Il vit, il meurt, sous la feuillée
         Inaperçu.

       Pourtant c'est lui, etc.....

Tel le génie aux larges ailes,
Jusques aux cieux prend son essor,
Et des collines éternelles,
Revient tout flamboyant encor,
Brûlant du feu dont il éclaire .....
Quand il paraît, astre vivant,
Que reçoit-il pour son salaire ?
       L'oubli souvent ! ...

     Pourtant c'est lui qui sur la terre,
     Du ciel nous apporta le feu,
     Respect au petit solitaire,
     Au petit oiseau du Bon Dieu.

           Rodez, 1890

LES DEUX MUSES

. . . .
Et sur ma lèvre ardente une vague prière
       Errait encor,
Lorsque l'ange des nuits vint clore ma paupière
       De sa clef d'or,
Et mon âme avec lui, loin des bruits de la terre
       Prit son essor...

. . . .

L'univers disparut noyé dans la misère
        De sa brutalité
Et nous allions toujours traversant l'atmosphère
        Jusqu'au monde enchanté
Paradis de l'élu, ce mortel éphémère,
        Par un ange emporté.

. . . .

Et sous de frais bosquets bercés par le zéphyre
J'entendis des sons, doux comme des sons de lyre
Couler harmonieux parmi les rameaux verts;
Et les oiseaux charmés à cette mélodie,
Dans leur gosier sonore et tout plein d'harmonie
        Retenaient leurs concerts.

Tout ravi j'écoutais ces voix mystérieuses...
Etaient-ce les Péris aux ailes lumineuses,
Parcourant de leur vol les régions de l'air?
Etaient-ce quelque fée aux formes vaporeuses
Ou des Djinns malfaisants, les rondes ténébreuses?
Etaient-ce des élus à l'accent doux et clair,
Célébrant leur bonheur en des hymnes joyeuses?
... Soudain de durs échos sous ces voûtes ómbreuses
Martèlent en scandant ainsi qu'un choc de fer
Les beaux chants enivrants, les phrases harmonieuses
Et bientôt j'ai conçu les voix impérieuses:
C'étaient la voix du ciel et la voix de l'enfer.

. . . .

    Et les deux voix chantèrent
    Dans ce riant séjour
    Puis enfin s'arrêtèrent
    Pour chanter tour à tour.....

. . . .

Et la première voix si suave et si belle
Sous les myrthes fleuris, de ce charmant Eden
Reprit avec douceur, pareille à Philomèle
Pleurant les soirs d'été dans le fond du ravin,
Et des enfants nombreux se pressaient autour d'elle
Accourant avec joie à son appel divin.

Enfants ! venez à moi, venez tous, disait-elle
Je suis la muse sainte au souffle virginal,
J'ai pris la vérité pour compagne fidèle,
Dans le sein de mon Dieu, j'épure l'idéal.
Aux plaines de l'azur, je balance mon aile,
Je suis la muse sainte au souffle virginal.

> Je suis la pudique vestale
> Dont la flamme ne s'éteint pas.....
> Je suis la muse sans rivale !.....
> A ceux qu'attirent mes appas,
> Je donne la gloire immortelle,
> C'est moi, la muse pure et belle
> Venez à l'ombre de mon aile
> Les fleurs éclosent sous mes pas,
> C'est moi la muse pure et belle.
> Mon règne a toujours existé
> Car des beaux-arts je suis la reine
> C'est moi l'auguste souveraine
> Par qui Platon fut inspiré.
> C'est moi l'esprit de mélodie
> Et je réchauffe le génie
> Au foyer de mon feu sacré !

Enfants, venez à moi, ma gloire est immortelle
Je suis la muse sainte au souffle virginal
J'ai pris la vérité pour compagne fidèle,
Dans le sein de mon Dieu, j'épure l'idéal,
Aux plaines de l'azur je balance mon aile
Je suis la Muse sainte au souffle virginal.

Dans le monde, mon souffle a créé des merveilles
D'un seul de mes regards, j'enfantais des Corneilles.
Au culte des humains, en tous lieux, j'ai des droits.
Le beau règle mon vol, la raison le gouverne
Je suis la muse antique et la muse moderne
Dont le règne a fleuri sous le plus grand des rois. (1)

. . . .

C'est moi qui les fis tous, c'est moi qui fis Racine
Dont le vers si parfait, va, murmure et chemine
Sonore, harmonieux, bien caché sous les fleurs,
Racine. dont la gloire est l'honneur du cothurne,
Dont les cendres encor frémissent dans leur urne
Lorsque Andromaque pleure et fait couler des pleurs.

Je porte quand je veux un nom à la lumière
    Et je dissipe le mystère
    Qui le maintient enseveli.
Je parle et dans une âme inconnue à la foule
  Mon esprit vivifiant doucement coule
La sauvant pour toujours du gouffre de l'oubli.

    J'inspire les œuvres célestes,
    J'aime l'autel et le Saint-Lieu.
    J'abhorre les écrits funestes
    Je chante : A la gloire de Dieu.
Je m'incline devant la majesté des trônes
J'anime aux saints combats le prêtre et le guerrier
J'ai pour mes favoris les plus fraîches couronnes,
Aux poètes, le lierre, aux vainqueurs, le laurier.
Je fais germer les lys, je fais naître les roses
    D'un sourire de mes regards.
A moi la lyre, à moi l'honneur des grandes choses
    A moi les lettres et les arts.
Venez! vous coulerez près de moi des jours roses
    A l'ombre de mes étendards.

(1) Louis XIV.

Enfants, venez à moi, ma gloire est immortelle
Je suis la muse sainte au souffle virginal
Prenez la vérité pour compagne fidèle
Dans le sein du vrai Dieu, épurez l'idéal
Aux plaines de l'azur, ah! balancez votre aile
Préservez-la toujours des atteintes du mal,
Accourez tous ici, ma gloire est immortelle.

. . . .

. . . .

A toi l'essor léger de la chaste colombe,
A toi la grâce, à toi le vol majestueux,
Moi je marche au hasard, je m'élève et je tombe,
Je méprise la règle et l'exemple et les dieux.
Aigle je vole au ciel et vautour à la tombe,
        Tous mes sentiers sont tortueux.

Je me plais dans la nuit, j'aime les cris funèbres,
J'adore au champ des morts, me poser en rival,
Des sinistres hiboux hurlant dans les ténèbres.
Je me repais d'horreur et de haine et de mal,
Je prône l'homicide et les crimes célèbres,
        Je suis: le génie infernal.

C'est moi le sombre esprit qui rôde sur la terre,
C'est moi Satan! Je suis la muse de Voltaire,
Je suis Judas! Je suis et la ruine et le deuil.
Rien de sacré pour moi, je voudrais sous ma serre
Broyer l'œuvre de Dieu, la réduire en poussière
Et clouer à nouveau son fils dans le cercueil.

Je suis la muse forte à l'aile indépendante
Et je ne courbe pas ma tête triomphante
Sous la verge de fer d'un tyran odieux.
Plus de vaines frayeurs, de gênes, de contrainte
J'affranchis du remords, j'affranchis de la crainte
Et mon nom fait trembler le monarque des cieux.

Plus de lois, plus de joug, je suis libre d'entraves
Je veux émanciper les hommes, vils esclaves,
   De la pensée et de la foi !
Guerre à Dieu ! Guerre au Christ ! Guerre à mort à l'Église
Il faut que l'âme humaine, à moi seul soit soumise
   Et n'ait de culte que pour moi !

Moi servir ? Non jamais, je ne puis m'y résoudre,
   A bas l'autorité !
Tombe sur moi le ciel, tombe sur moi la foudre
Mais guerre à l'Éternel qui m'a précipité
Du séjour de sa gloire et qui ne veut absoudre
   Lucifer révolté.
Guerre à mort à son Christ expirant au Calvaire
Voilà mon seul bonheur, ma seule volupté,
Et je veux lui ravir sur cette froide terre
   Toute l'humanité.

N'ai-je pas, dieu du mal, mes légions sans nombre
Les yeux sur moi toujours prêtes à m'adorer,
Mes esprits infernaux qui vont, guettant dans l'ombre
L'auteur ingénu prêt à se laisser charmer ?
Mes bataillons d'élite à l'aile noire et sombre
M'apportant nuit et jour la proie à dévorer ? ..

N'ai-je pas roi puissant des éternelles flammes
Mes anges guerroyeurs pour me traîner des âmes
Prises comme l'oiseau sous un piège de fleurs ?
N'ai-je pas des suppôts dignes de tous éloges,
Des ministres de choix dans de nombreuses loges
Chargés de me former de zélés serviteurs ?

Oui, je suis le monarque et le roi de l'abîme
Et j'ai dans l'univers mes temples comme un dieu
J'aime l'odeur du sang et du vice et du crime
Je caresse en riant ma livide victime
Qui râlant de douleur dans cette étreinte intime
Hurle et se tort en vain sous mes baisers de feu.

J'ai des moyens à moi pour flétrir l'innocence
Et la fraîche candeur timide et sans défense.
J'ai mes hommes, de l'or, mille engins corrupteurs,
Des tableaux suggestifs et des livres infâmes
Qui détruisent les mœurs et moissonnent les âmes
Pareils au vent mortel qui moissonne les fleurs.

J'abhorre la lumière et les choses célestes,
J'aime mieux ma prison et mes chaînes de feu,
Entends-les bien ces mots, Christ que je déteste :
J'abhorre et je maudis l'autel et le Saint-Lieu
J'emploîrai le blasphème et les desseins funestes
Pour le venir saper, ton royaume de Dieu.

         Sur le sol fertile de France
         J'ai jeté ma vengeance
         Au vieux siècle d'Arouet,
     Elle a germé des racines profondes
     Dont les fleurs plus que fécondes
     Me donnent maintenant des fruits à souhait.

Je suis content, j'aurai mon règne sur la terre,
En tous lieux se répand mon souffle délétère
         Poison des âmes et des corps.
Venez, adolescents qu'un faux sourire entraîne
Et qui parfois revez des chants de la sirène,
         De ses voluptueux accords.

Venez à moi vous tous qui détestez le prêtre,
Vous que gênent les lois et le pouvoir d'un maître,
Vous qui voulez enfin assouvir vos désirs
Venez !... que mon appel dans mes rangs vous rassemble;
Je serai votre chef, nous combattrons ensemble,
Et je vous passerai la coupe des plaisirs.

Mais la première Muse à la voix noble et grave
La muse du chrétien, reprit pleine de feu:

« Non ! non ! mes chers enfants, l'homme n'est point esclave
Lorsqu'il va s'incliner et prier au Saint Lieu ;
Mais il a bien plutôt l'âme et le cœur d'un brave
Celui qui sert l'État, la patrie et son Dieu !
Ne courez donc jamais après ces vains apôtres
Qui, dévoyés du bien, vont pour perdre les autres.
Fuyez l'impiété, la révolte et l'erreur ;
Souvenez-vous, enfants, que la coupe dorée,
Qu'ils offrent en riant à toute âme égarée,
Ne contient que du fiel et jamais de bonheur.
       Butinez, jeunes abeilles,
       Sur les fleurs saines et vermeilles
       Dont les parfums embaument l'air.
       Mais fuyez les fleurs vénéneuses
       Qui sous des couleurs gracieuses
       Cachent un miel amer.

Feuilletez jour et nuit les écrits des grands maîtres
Et vous vous formerez à bien penser comme eux
Et vous réussirez dans les arts, dans les lettres.
Plus tard enfin, lorsque dans le calme des cieux
Couronnant vos labeurs vous verrez vos ancêtres
Vos écrits charmeront l'âme de vos neveux.
Suivez les bons conseils de celle qui vous aime
Goûtez comme il est doux de servir le Seigneur
Fuyez, fuyez le mal et jurez anathème
Aux immondes plaisirs d'un monde séducteur,
A ces livres impurs issus de l'enfer même
Qui flétrissent l'esprit et corrompent le cœur.
De la muse sans tâche arborez la bannière.

. . . .

Et la voix bien aimée à ses enfants si chère
       Parlait encor
Lorsque l'ange du jour vint rouvrir ma paupière
       De sa clef d'or

Moi, rêveur et pensif, je revins sur la terre
Murmurant à demi, une vague prière
Qui sur l'aile de l'ange au ciel, avec mystère
            Prit son essor.

POUR UN CINQUANTENAIRE

à M. J. L.

Un demi siècle a fui depuis votre naissance
Et j'éprouve, Monsieur, une humble jouissance,
A donner au passé un léger souvenir,
Au présent un regard, un songe à l'avenir.

Evoquer le passé, pour vous, devient plaisir.....
Ne rappelle-t-il pas luttes sans défaillance,
Rêves réalisés, lendemains sans soupir,
Innombrables bienfaits, glorieuse récompense.

Aussi bien, du présent il convient de jouir.
C'est l'instant fugitif où le destin suprême
Nous permet un repos dans l'étape à franchir

Car il faudra bientôt..... dès demain repartir
Escorté par les vœux de celui qui vous aime
Et rêve encor pour vous doux et long avenir.

LA VOIX DES ADIEUX.

     N'as-tu jamais au fond des bois,
       A l'heure où tout repose,
       Gai papillon et belle rose
N'as-tu pas entendu soupirer une voix?
     C'est la voix des adieux!.....

Amis, silence, écoutons là dans l'ombre.....
    C'est la voix des adieux
Qui doucement gémit dans la nuit sombre
    Comme un écho des cieux.....
C'est la voix, c'est la voix des adieux.

Tantôt comme un soupir mélancolique et tendre
    La voix murmure un mot d'espoir.
Doux souffles de la brise, on croirait à l'entendre
    Ouir du ciel, la prière du soir......

Parfois de fleurs en fleurs, sous la verte ramure
Passe comme un bruit de baiser.....
C'est la voix des Adieux qui soupire et murmure :
Mortels, sur cette terre, il faut s'aimer !

Puis lorsqu'énivrés d'amour et d'espérance
    Vous ne songez plus qu'à jouir,
La voix triste, reprend dans un cri de souffrance :
    Heureux amants, il faut mourir.

Ainsi la voix, parcourt la forêt silencieuse,
    Parlant le langage du cœur
Aux mortels pensifs dont l'âme est ouverte. anxieuse
    Et mélangeant l'amertume au bonheur.

N'as-tu jamais au fond des bois,
    A l'heure où tout repose,
    Gai papillon et belle rose,
N'as-tu pas entendu soupirer une voix,
    C'est la voix des adieux!.....
Amis silence, écoutons là dans l'ombre
    C'est la voix des adieux
Qui doucement gémit dans la nuit sombre
    Comme un écho des cieux.....
C'est la voix, c'est la voix des adieux

St-Chély-d'Aubrac, 1890

VAINE ENTREPRISE

Nugæ nugarum

Pendant que le sommeil régnait dans la maison,
Que le silence au loin s'étendait sur la terre,
Comme Salmoneus, mais d'une autre façon,
J'ai voulu de Jupin imiter le tonnerre.

Bien qu'aujourd'hui Jupin ne soit qu'une chimère
S'en faisant le vengeur, un redoutable pion,
Le plus zélé vraiment de tout ce séminaire,
M'a puni pour ce fait d'une heure de planton.

Instruits par cet exemple, ô cœurs ambitieux,
Sachez donc modérer vos rêves orgueilleux
Et ne tentez jamais une entreprise vaine.

Et toi, pauvre machine, ô bruyant instrument,
Si j'avais pu prévoir un pareil dénoûment
De te faire tonner je n'eus pas pris la peine.

Petit Séminaire de Saint-Pierre, 1887

MÈRE!.....

Un ange aux cheveux d'or encore en son jeune âge,
Dans son berceau repose et sourit tendrement,
Et murmurant tout bas son céleste langage
Sa mère est là, berçant son ange, son enfant.

Une larme soudain a mouillé son visage,
Mère, pourquoi pleurer puisqu'il est souriant ?
Une noire inquiétude, un funeste présage
Viendraient-ils te troubler en cet heureux instant ?

Son frond pourtant n'a pas l'ombre de la tristesse
Ses traits semblent empreints d'une douce allégresse,
Rien n'expliquera-t-il les larmes que je vois?

Je m'approche plus près pour sonder le mystère
Et tout ému j'entends le si doux nom de mère,
Que l'enfant bégayait pour la première fois.

Rodez, 1889.

PRINTEMPS !

A ma sœur !

Vois donc, Jeannette, au souffle embaumé du zéphire,
      Au retour du beau temps,
Tout semble autour de toi s'animer et sourire
      Pour fêter le printemps !

L'on n'entend déjà plus dans nos vastes campagnes
      Les tempêtes mugir,
Et les lointains sommets des plus hautes montagnes
      Ont fini de blanchir !

Le troupeau séquestré s'ennuit dans son étable
      Et veut la liberté !
Près du feu le berger, les coudes sur la table,
      Soupire après l'été......

Durant ce long hiver tu regrettais la source
      Du gai flora-maison.....
Console-toi, sœurette, Avril lui rend sa course
      A travers le gazon !

Tu pourras butiner les fleurs de la prairie
      Qui bientôt vont fleurir
Car dans l'azur du ciel l'hirondelle ravie
      Commence à revenir.

Les oisillons frileux de leur voix la plus pure
      Saluent le doux printemps.
Et l'antique forêt offre une autre parure
      A l'haleine des vents.

Tandis que tout renaît au bonheur, à la vie
      Dans le fond de ton cœur
Jeanne, pour nos parents, nos amis, la patrie
      Implore le Seigneur.

St-Chély-d'Aubrac, 1890

HIGH-LIFE

Après une invitation.

Eh bien, oui, Monsieur, le high-lif me fait peur,
Avec ses habits noirs et ses cravates blanches
Ses démons incarnés qui simulent les anges
Ses compliments blessants et son manque de cœur.

Oui, son luxe me gêne autant que la misère,
Dans ses salons dorés je me sens trop petit
Ses couverts en ruolz m'enlèvent l'appétit
Et je préfère encor mon humble vie austère.

Je ne sais pas médire, encor moins calomnier,
J'ignore les secrets du flirt et son langage
Je ne sais pas capter une femme au passage
Et ne serai jamais du dessus du panier.

Ah ! si votre high-life était notre vieux monde
Où l'on s'aimait bien fort en se mordant parfois,
Où pétillait charmant le vieil esprit gaulois
Et non pas ce bagout parisien, mais immonde!

SOUVENIRS ET REGRETS

Comme j'étais heureux, là-haut, dans la montagne,
Au foyer paternel, au coin du feu le soir.....
Quand parfois le grand-père, un vieux soldat d'Espagne,
Nous contait en détail l'histoire du manoir.
    Tous frissonnant à ces récits de guerre,
    Nous nous serrions, peureux, tremblant de voir,
    Brusquement, dans l'ombre, avec mystère,
    Bondir vers nous, quelque géant tout noir.

Mais maintenant, seul dans ma chambrette,
Tristement je pleure et je regrette
Mes beaux rêves dorés, mon doux printemps,
Ma gaîté d'autrefois et mes quinze ans !
    Oh ! Revenez, heures si belles!
    Et pour calmer les chagrins de mon cœur
    Venez! Apportez sur vos ailes,
    Les souvenirs de mon bonheur.

Comme j'étais heureux, encor au vieux collège,
Où l'on apprenait bien sans beaucoup de docteurs,
Où l'on chantait rosa comme on lit un solfège
Où l'on était ravis, quand l'un des directeurs
    Avait crié: Vous avez promenade !
    Bonsoir alors, aux classiques auteurs !
    Il fallait voir avec quelle gambade
    On accueillait de pareilles faveurs.

Comme j'étais heureux quand venaient les vacances,
D'exécuter les plans conçus depuis longtemps!
Plus de pensums alors et plus de pénitences !
Comme on jetait joyeux aux caprices des vents
    Tout pénétrés d'une douce folie,
    Les frais éclats des rires de quinze ans!
    Nous ignorions les douleurs de la vie,
    N'étions-nous pas de folâtres enfants !

Comme j'étais heureux durant cette jeunesse,
C'était bien le bonheur, vrai bonheur sans soupir,
Point de folles passions, point de coupable ivresse,
Tout était innocent et point de repentir,
    Mais depuis lors, j'ai vécu l'existence.
    De ces beaux jours, je n'ai que souvenir,
    Ah mes quinze ans ! que de fois en silence,
    Je vous revis, quand je me sens souffrir.

Car maintenant, seul, dans ma chambrette,
Tristement je pleure et je regrette,
Mes beaux rêves dorés, mon doux printemps,
Ma gaîté d'autrefois et mes quinze ans.
    Oh! revenez, heures si belles !
    Et pour calmer les chagrins de mon cœur
    Venez! Apportez sur vos ailes,
    Les souvenirs de mon bonheur.

PHTISIQUE !

    Ecoute la prière
    De mon heure dernière
    Mon Dieu! j'ai dix huit ans !
    Je suis à mon printemps!
    A mon âme ravie
    L'avenir et la vie
    N'offrent que le plaisir,
    Ne me fais pas mourir !

Tempère mes alarmes
Sèche mes tristes larmes.....
A moi les heureux jours,
Les projets, les amours.....
Oh ! ferme cette tombe,
Où lentement je tombe.....
Je veux vivre et jouir,
Ne me fais pas mourir !

Sur les tapis de mousse
Comme la brise est douce.....
Et dans l'azur des cieux
Le soleil si radieux !...
Comme la terre est belle.....
Mort ne sois pas cruelle,
Daigne entendre un soupir
Ne me fais pas mourir !

Dieu puissant, sois sensible,
Vois ce n'est pas possible,
L'instant de mon réveil,
Sonnerait mon sommeil.....
Fermée à la lumière,
J'irais, rose éphémère
Au souffle du zéphir
Me faner et mourir ?...

Remplis-moi d'espérance,
Dissipe ma souffrance
O Dieu d'éternité
Et d'immortalité
Couronne ma jeunesse
Donne-moi la vieillesse
Dis ! laisse toi fléchir
Ne me fais pas mourir !

La feuille déjà vole,
Au loin l'été s'envole,
Mon Dieu, tu me fais voir
Que je n'ai plus d'espoir.
Adieu, ma bonne mère,
Adieu, toi, pauvre père,
Adieu, bel avenir,
Je dois bientôt mourir !

Mais mon âme est chrétienne
Que mon cœur t'appartienne
O Dieu du pur amour.....
Et puisque ton séjour,
Ton ciel, c'est ma demeure,
Pourquoi tarder d'une heure?
Viens vite me cueillir,
Fais-moi bientôt mourir.....

Que suis-je dans le monde ?
Une âme vagabonde.....
Rayon sorti de toi
Humble flambeau de foi.....
Une pauvre victime
Traversant un abîme.....
Tu daignes me choisir ?
Fais-moi bientôt mourir.

Oui, je le sens, la terre,
N'offre hélas que chimère,
Rien ne remplit le cœur,
Rien ne fait le bonheur !...
Désormais plus de larmes,
De regrets ou d'alarmes
Je n'ai plus qu'un désir,
Fais-moi bientôt mourir.....

Rodez, 1889.

AUX PRUSSIENS

A l'occasion des bruits de guerre circulant
en 1889, à la suite de la découverte d'une
vieille prophétie de l'italien.

Non! vous ne l'aurez pas cette terre de France,
Cette terre bénie, asile de vaillance,
Vous aurez beau lancer, contre ses fiers enfants
Vos nombreux bataillons naguère triomphants,
Vos canons à longs flots vomiront la mitraille
Vous gagnerez peut-être une triste bataille,
Mais nous anéantir pour toujours, nous Français,
                    Jamais !

Abusant de ce droit que donne la victoire,
Vous nous avez foulés, croyant que notre gloire,
Périrait sous vos coups..... Non contents d'insulter
A nos sanglants revers, vous vîntes fomenter
La discorde civile et joindre vos outrages,
A ces honteux excès, à ces guerres sauvages!
Nous nous en souviendrons, quand viendra notre tour
                    Un jour

Inhumains et cruels, voyant partout des traîtres,
Vous fîtes fusiller de pauvres et vieux prêtres.....
Ils sont morts en français, victimes du devoir
Martyrs de la patrie et sans aucun espoir.....
Mais nous avons senti leur dernière souffrance
Et quand nous vengerons ces preux, fils de la France,
Pour seconder nos bras, ils formeront des vœux
                    Aux cieux.

Votre fureur osa, Prussiens, race maudite,
Dévaster des couvents où l'innocence habite,
Quels crimes ces cloîtrés avaient-ils donc commis ?
De prier ardemment pour leurs pauvres amis !
Ah ! vous fûtes cruels pour la France abattue
Elle s'était pourtant vaillamment défendue !
Mais que peut l'héroïsme en face d'un vainqueur
                    Sans cœur ?

Lorsque vous dévastiez nos campagnes prospères
Que faisiez-vous, Prussiens, de vos principes austères ?
Et quand ivres de sang, perdant toute raison,
Assurés du succès, grâce à la trahison,
Vous nous avez volé, la Lorraine et l'Alsace,
Aviez-vous oublié le lien qui nous enlace,
Et pensiez-vous garder, ô laches oppresseurs,
                    Nos sœurs ?

Après vingt ans d'apprêts, de soupirs, d'alarmes,
Entendez-vous soudain le bruit sanglant des armes ?
Lorraine, Alsace à nous ! ne versez plus de pleurs
Abandonnez le deuil, vos frères sont vainqueurs.
Germains cruels, tremblez.....pour venger vos outrages,
Les Francs ont déserté leurs paisibles villages,
Embrasés tous au cœur, d'un sublime désir,
                    Mourir!.....

Oui mourir, sans souci d'une vaine souffrance
Mais heureux, bienheureux, d'être morts pour la France
Oui mourir en soldats frappés au champ d'honneur
Effaçant les revers par leur sang, leur valeur.....
Nos drapeaux déployés volent à la victoire
La revanche a sonné, à nous les coups, la gloire
Hier vous nous insultiez, vil troupeau de bandits
                    Maudits!

A genoux aujourd'hui, le front dans la poussière
Il faut payer le sang de la lutte dernière.....
Rendez-nous notre sol, Colmar, Metz et Strasbourg
Thionville et Marsal, Mulhouse et Hissembourg
Rendez-nous les drapeaux, fruits non de la victoire,
Mais d'une trahison....,rendez nous notre gloire
Et ressouvenez vous que nous avons du sang
                    Vaillant

Rodez.

REVANCHE !

Même occasion que la précédente.

Sous le talon de la botte prussienne
Nous gémissions maudissant nos vainqueurs,
De tes enfants, France, qu'il t'en souvienne
Car l'Allemand jamais n'a pris nos cœurs !

Chantons amis ! Chantons vive la France !
          Toujours Français !
          Prussiens jamais !
Voici, voici venir la délivrance !
Le cœur rempli d'une sainte espérance
Chantez bien haut, chantez, vive la France
          Prussiens jamais !
     Toujours, toujours Français !

Ne pleure plus, Alsace si fidèle
Depuis vingt-ans, tu n'avais qu'un désir
N'entends-tu pas cette voix qui t'appelle !
Ne pleure plus, la France va venir.,.,.

Debout ! debout ! ô ma chère Lorraine
Brise tes fers, reprends tes anciens droits
Dieu te bénit, la France souveraine
A l'Allemand va redicter des lois !

Quand opprimés nous redisions encore :
« A bas la Prusse et son grand aigle noir,
« Vive la France au drapeau tricolore »,
De ces beaux jours n'avions-nous pas l'espoir.

Prussiens tyrans, c'est à vous que s'adresse
Ces chants d'amour, tous ces élans de cœur,
Distinguez-vous dans cette folle ivresse
La haine aveugle envers les oppresseurs ?

Chantez amis, chantez vive la France
Toujours Français
Prussiens jamais.
Voici, voici venir la délivrance !
Le cœur rempli d'une sainte espérance
Chantez bien haut, chantez vive la France
Prussiens jamais !
Toujours, toujours, Français !

Rodez.

Rodez, Imp. C. COLOMB, rue Ste-Marthe, 12

www.ingramcontent.com/pod-product-compliance
Lightning Source LLC
Chambersburg PA
CBHW061610180626
46818CB00005B/2027